Avilán H., Mariana, 1959-
        La tonina enamorada / Mariana Avilán H. ; ilustraciones Rodéz. — Bogotá:
Cooperativa Editorial Magisterio, 2006.
        140 p. : il. ; 20 cm. — (Mitos y leyendas)
        1. Animales – Cuentos y leyendas 2. Leyendas colombianas 3. Leyendas
indígenas – Colombia I. Rodéz, 1963-, il. II. Tít.
III. Serie.
398.209861 cd 20 ed.
AJF3679

CEP-Banco de la República-Biblioteca Luis-Angel Arango

LA TONINA

ENAMORADA

Leyendas de los Piapoco y Emberá

LA TONINA

ENAMORADA

Leyendas de los Piapoco y Emberá (Colombia)

Mariana Avilán H.

Ilustraciones de Ródez

MAGISTERIO
EDITORIAL

Colección Mitos y Leyendas

LA TONINA ENAMORADA

©   Mariana Avilán H.
        Ilustraciones: Ródez

ISBN del libro: 978-958-2008-41-3

Segunda edición: 2006
Reimpresión: 2018

©   Cooperativa Editorial Magisterio
        Diagonal 36 bis # 20-70 *(Parkway La Soledad)* PBX: 3383605/06
        Bogotá, D.C., Colombia
        www.magisterio.com.co
        info@magisterio.com.co

Dirección General: Alfredo Ayarza Bastidas
Dirección Editorial: Pío Fernando Gaona Pinzón
Diseño de la colección: Ródez

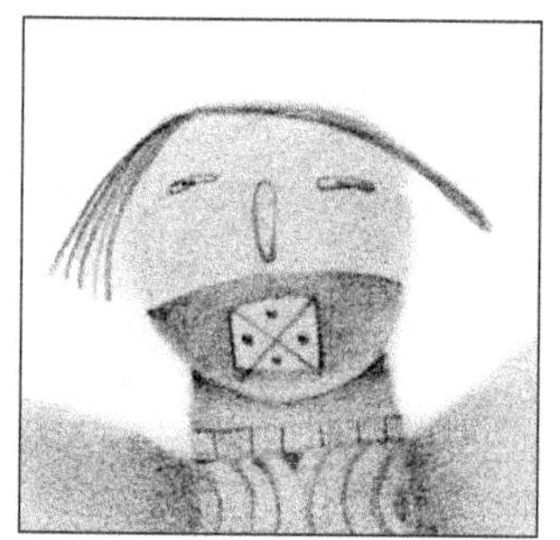

CONTENIDO

En la inmensidad de nuestra selva, entre árboles susurrantes y ríos caudalosos se escuchan aún las voces de nuestros antepasados indígenas, palabras mágicas que van de boca en boca contando cómo subieron las estrellas al firmamento, o las experiencias amorosas de animales que se transformaron en mujeres o quizá hombres que se transformaron en animales. Palabras que se han enriquecido del saber de un pueblo, de generación en generación, porque siempre hay quien quiera contar una historia que no se sabe quién contó primero, porque viene de lo más profundo de la tierra indígena y se nutre de ella, de esos pueblos que resistieron la invasión española hace más de quinientos años y en los que encontramos hombres como Pedro, Ramón, o Floresmiro, dispuestos a contarnos esas historias cargadas siempre de sabiduría, de creencias, de tradiciones y costumbres.

En Colombia existe un centenar de comunidades indígenas que sobreviven a pesar de la gran influencia ejercida por la cultura nacional no indígena, que conservan rasgos culturales propios como sus tradiciones, lengua, medicina tradicional, organización social y política, etc.

En la selva amazónica, en la parte baja del río Guaviare, viven los Piapoco y de allí surgieron: La Historia de Kutzikutzi, Hay muchos peces en el río, La mujer de Purna, historias narradas por Pedro (Jacobo) del caserío de Pueblo Nuevo; El marroco y la Matamata, La noche, El tigre miedoso y Makutzuri por Ramón Cuevas del Cacerío de Minitas; Héctor Gaitán y Ramón Daniel Gaitán del caserío de Laguna Colorada narraron La hija de Kuwai, Un mal presagio y Las estrellas del cielo.

La literatura oral de los indígenas emberá se escucha en diversos caceríos del occidente colombiano y Las historias de Floresmiro "las aprendió en su juventud de diferentes personas pero principalmente de su abuelo Lucasuniga Dogiramá y de su tío Toñito. Algunas las conoció en el río Boyacá y otras le fueron referidas por emberas cerreños del lado antioqueño". El fuego, El agua, fueron historias contadas por Juan Antonio Restrepo del cacerío emberá del Alto Gito en Risaralda.

Los relatos de la literatura oral Piapoco fueron compilados por la profesora Mariana Avilán, algunos en español y otros en piapoco, para cuya traducción contó con la colaboración del profesor bilingüe J. Pinzón de la comunidad de Pueblo Nuevo; cuentos, mitos y leyendas que fueron publicados en la Historia del Kutzikutzi y otros relatos MEN, 1991.

Los relatos de Floresmiro fueron compilados por el antropólogo Mauricio Pardo, estudioso de las comunidades indígenas emberá del asentamiento del río Baudó (Chocó) y fueron publicados en su libro Zroara Nebura, Historias de los Antiguos.

En este libro se encuentran leyendas, mitos e historias de las comunidades indígenas Piapoco y Emberá, recreadas y adaptadas por Mariana Avilán, profesora de literatura y autora de otros relatos para niños como La tonina Enamorada, El gurre mataco, y La tonoa de la vieja comadreja, incluídos en este libro, fruto del contacto con un mundo que parece imaginario pero cuya realidad hace parte de nuestra historia.

La literatura escrita es una forma de hacer realidad lo que Floresmiro Dogiramá quiso, "que los jóvenes no olviden porque si olvidan es como si murieran".

En Colombia, los indígenas emberá habitan pequeños caceríos cercanos a los afluentes de los grandes ríos del occidente del país en los departamentos del Chocó, Risaralda, Antioquia y Córdoba. En las márgenes del río Baudó habitan aproximadamente 1.000 indígenas (1987), siendo la población más extensa en el departamento del Chocó. Considerados como hábiles guerreros, es uno de los pueblos indígenas que ha resistido el asedio constante de colonos no indígenas (negros y mestizos), sobreviviendo hasta nuestros días, conservando rasgos culturales tan importantes como su lengua, el cultivo del maíz base de su alimento, la caña de azúcar y el plátano; sus viviendas construídas sobre pilotes y el uso de su medicina tradicional y la magia a través del Jaibanismo.

Los emberá son conocidos también como "cholos", "catios" y "chamies". Como otras comunidades, ésta se encuentra en peligro por el avance continuo de la colonización, en territorios hoy ocupados por los indígenas.

Los indígenas piapoco ocupan las margenes del río Guaviare, en los departamentos de Guainía y Vichada (Colombia), conformando pequeños caseríos con un número aproximado de 15.000 habitantes en la zona (1987). Como la gran mayoría de las comunidades indígenas colombianas han sufrido un proceso de aculturación y disminución de su población que los pone en riesgos de etnocidio.

Su economía se basa en la pesca, la caza, la recolección y la siembra de la yuca brava, con la que se prepara el mañoco y el casabe, alimentos indispensables en la vida diaria del piapoco.

Poseen elementos culturales propios como la lengua, la educación tradicional en la que se enseña a pescar y a cazar con arco y flecha; la medicina tradicional ejercida por un anciano que conoce las enfermedades y los rituales para conjurarlas; la música tradicional utilizada en fiestas y bailes ya casi olvidados. La vivienda antiguamente llamada maloca y utilizada multifamiliarmente es construída en chuapo con techo de palma para la habitación de varias familias. Hoy, la autoridad política es ejercida por el capitán y los cabildos, pero los ancianos siguen ocupando un lugar de respeto dentro de la comunidad, pues son ellos quienes conocen la historia de su pueblo.

La historia de Kutzikutzi y otros relatos

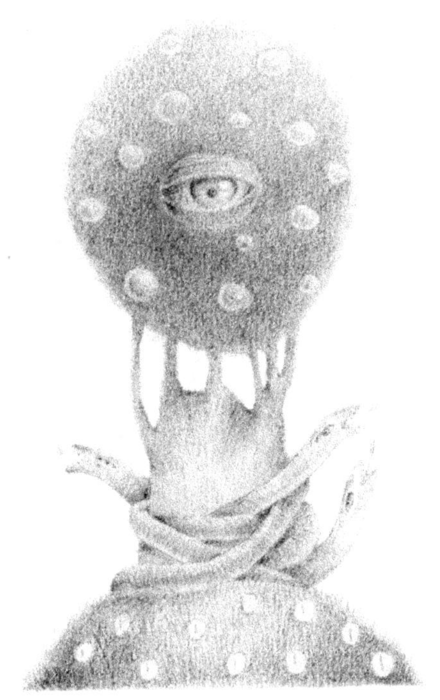

Hace mucho tiempo los animales no encontraban buenos alimentos que comer.

La tierra, sembrada de colores, tenía árboles y flores con ríos y lagunas enmarcadas en playas de arena cálida, pero los animales no conocían el fuego ni sabían cultivar y se veían obligados a comer pepas y hongos de palos podridos.

Un buen día, el perro de agua, Kutzikutzi, a quien le gustaba salir de noche a buscar su alimento entre las ramas de los árboles, sintió un agradable olor, que se hacía más fuerte a medida que avanzaba. Cerró los ojos y se dejó llevar, hasta cuando tropezó con un gigantesco árbol ante el cual quedó extasiado al ver los alimentos que de sus ramas colgaban: plátano, piña, ají, yuca, caña, chontaduro, marañón... tantos, que sólo los niños de hoy los conocen todos.

Kutzikutzi comió insaciablemente, había probado de muchos frutos, pero al que mejor sabor le había encontrado era a la piña. Regresó silencioso, con temor de que los demás animales se enteraran de su descubrimiento y lo dejaran sin alimento; y se acostó a dormir.

El claro de la selva en el que se reunían los animales se inundó de un agradable olor; todos tenían la boca hecha agua y se preguntaban:

—¿De dónde vendrá ese olor tan delicioso?

La lapa notó que el Kutzikutzi abría la boca como si estuviera comiendo y que era de su boca de donde salía tan agradable olor; así se lo comentó al venado, éste lo contó al loro, el loro sabiéndose conocedor de la verdad, dijo en voz alta:

—El Kutzikutzi no come hongos de los palos podridos.

—Ha encontrado algo mucho mejor— repuso la lapa y añadió: uno de nosotros debe vigilar al Kutzikutzi para saber el buen alimento que come.

Entre los presentes brillaron los ojillos brillantes del picure, Piizi, que dando un paso adelante dijo con resolución: —Yo lo haré—. El perro de agua durmió todo el día, y cuando las sombras caían, salió rápidamente y no se dio cuenta que el picure lo seguía. Llevaba un rato deslizándose por entre las ramas de los árboles, cuando de repente, escuchó un extraño ruido que lo hizo mirar para abajo, descubriendo el cuerpo de Piizi, el picure, en la oscuridad; se enfureció y desvió su camino hacia un pequeño árbol del cual dejó caer unas pepas. Cuando Piizi vio las pepas las recogió y regresó llevándolas para que los demás animales las probaran.

Todos las observaron, las tocaron y las olieron exclamando: —Esas pepas son amargas, huelen muy mal.

Al amanecer llegó el Kutzikutzi y ante la mirada curiosa de todos se acostó a dormir.

Aburridos y con la boca hecha agua, los animales se miraban con preocupación.

Entonces, Taba, la lapa, se levantó muy decidida y dijo: —Yo voy a descubrir lo que come Kutzikutzi— y se acostó muy cerca de él para esperar su partida.

Por la noche, cuando el Kutzikutzi se dispuso para ir al gran árbol, la lapa lo acechaba, y mientras él se deslizaba de rama en rama, ella se movía sigilosa entre árboles y matorrales.

Así llegaron los dos animales a la orilla del río, el Kutzikutzi miró, miró hacia atrás malicioso, comprobando si lo seguían —ningún animal, que no fuera por las ramas de los árboles, podría cruzar el río—, y se agarró de una rama que lo condujo a la otra orilla del río.

Taba miró para todos lados, y con un movimiento rápido se sumergió en el agua y salió al otro lado, donde estaba el gran árbol de los alimentos.

Todo a su alrededor olía delicioso, la lapa se acercó a la raíz del arbol y empezó a comer de lo que había en el suelo; yuca, piña, marañón, ají...

Encima del árbol el Kutzikutzi comía ruidosamente y con su kutzi... kutzi... kutzi... kutzi... pasaba de una fruta a otra, sin darse cuenta de la compañía que tenía.

Cuando la lapa hubo terminado lo que estaba en el suelo, divisó al Kutzikutzi que se deleitaba con una piña, y con muchos deseos de comer, pensó: ¡cae piña, cae!

La piña cayó de las manos del Kutzikutzi y la lapa la cogió en las suyas partiendo a toda prisa.

El Kutzikutzi, desconcertado y furioso, se lanzó tras la lapa, pero no pudo darle alcance, pues ella no paró su carrera hasta cuando llegó donde estaban los animales reunidos, quienes armaron un fuerte alborozo cuando la vieron llegar con tan rico alimento que todos probaron diciendo:

–¡Qué rico! ¡huele bien! ¡sabe muy bien!

Más tarde llegó el Kutzikutzi y sin pronunciar palabra, se abalanzó sobre la lapa cogiéndole fuertemente los cachetes, mientras, ésta se defendía cogiendo al Kutzikutzi por la cintura.

Todos los animales se fueron muy contentos hasta el lugar donde se encontraba el árbol de los animales y al verlo lo llamaron el "árbol del Kaliawiri" pues, pensaron que si tumbaban y sembraban en la tierra los alimentos, estos crecerían y nunca jamás le faltaría comida a los animales.

Trabajaron todo el día, al oscurecer se fueron desplomando uno a uno rendidos por el sueño y el cansancio, sin haber concluído su tarea. A la mañana siguiente no salían de su asombro: ¡El árbol se había cerrado nuevamente! —el árbol del Kaliawiri pertenecía a los dioses— era el comentario de todos, pero aun así decidieron iniciar otra vez el corte, creando a las hormigas bachacho a las que llamaron Kuwe, porque se llevaron las astillas que caían del árbol.

Llegaron todos los animales de la selva, amigos y enemigos trabajando de día y de noche, hasta que pasaron muchos soles y muchas lunas. Un grito de alegría se escuchó en toda la selva y otro de sorpresa robó las sonrisas de los labios de los animales, ¡el árbol del Kaliawiri no caía, estaba colgado del cielo con un bejuco!

Duiri, el arrendajo, voló para saber qué sucedía y con su pico trató de romper el bejuco, con tan mala suerte, que al enterrar el pico la sabia del bejuco salpicó sus ojos dejándolo casi ciego; el pajarito bajó triste y adolorido.

Los animales se decían que no importaba cuánto tiempo duraran tumbando el árbol, ¡lo iban a tumbar! esta vez. Materi, la ardilla, y su compañero, subieron entusiasmados, decididos a tumbar el árbol del Kaliawiri, y para hacer su trabajo con mayor rapidez, una de las ardillas se paró sobre el bejuco. Cuando el corte estuvo listo los animales no cabían de contentos: el Kaliawiri se desplomó llenando la tierra con sus plantas; luego los animales fueron sembrando yuca, piña, ají, merey, chontaduro, y con las primeras sombras de la noche, la ardillita colgada del bejuco alumbró como un lucero la tierra cultivada.

Narrador: Pedro García "Jacobo".

Kutzikutzi: Voz de la lengua Piapoco con la que se designa al perro del monte o perro de agua.

Taba: Voz con la cual se denomina a la lapa, mamífero roedor de pelaje rojizo y brillante.

Bejuco: Nombre dado a algunas plantas delgadas que se enrollan en otros vegetales.

Piizi: Palabra Piapoco con la que se llama al picure, mamífero roedor de las selvas americanas.

Duiri: Arrendajo.

Kaliawiri: Expresión de la lengua Piapoco con la cual se designa el árbol mítico que dio origen a las plantas cultivadas.

El Morroco y la Matamata

En un lugar de la selva, donde los árboles frondosos bordean el agua cristalina de una laguna, la matamata y el morroco trabajaban juntos, recolectando frutos. En un momento de descanso, se metieron al agua, refrescándose del calor, y la matamata dijo:

—Tu espalda está muy lisa y descolorida, ¿por qué no te la dejas pintar?

Y el morroco le respondió dudoso: —Y... ¿luego yo tengo que pintar tu concha?

—Sí.

—Pues yo no sé pintar muy bien, y...

—No importa —respondió la matamata, sin dejar terminar la frase al morroco, y se preparó para pintarlo. Tomó varios colores de la tierra y con mucha maestría dibujó la caparazón del morroco, dejándolo de un amarillo reluciente.

–Ya estás listo —dijo la matamata—. Ahora pinta mi concha.

El morroco indeciso no sabía por dónde empezar, ni qué color usar. Colocó una mano sobre la espalda de la matamata y al retirarla vio cómo la piel se estiraba formando una punta, trató de arreglarla con la otra, pero por el contrario, pasó sus manos por toda la concha de la matamata dejándola llena de chuzos: ¡hasta la cabeza de la matamata quedó aplastada! y los colores no pasaron del verduzco. Concluído el trabajo del morroco, la matamata dijo orgullosa:

—Vamos a la laguna.

Cuando los dos animales vieron sus cuerpos reflejados en el agua, la matamata se vio tan fea que inmediatamente escondió la cabeza entre la concha y se sumergió en la laguna. Entre tanto el morroco no cabía de contento al ver su concha resplandecer con la luz del sol, por lo que decidió refrescarse en la playa.

El morroco y la matamata ya no trabajan juntos; se ven alguna tarde casual, cuando la matamata saca la cabeza del agua para ver qué sucede en la tierra, y de lejos se saludan.

30

Narrador: Ramón Cuevas.

Matamata: Tortuga acuática cuya concha se caracteriza por ser áspera y con montículos.

Morroco: Especie de tortuga cuya concha es muy estimada por lo vistoso de sus colores.

Hay muchos peces en los ríos

En la legendaria y maravillosa selva vivió hace mucho tiempo un dios, de nombre Kuwai; había creado los peces y los tenía encerrados en un pozo. Kuwai pensaba repartir todos los peces en los ríos, los lagos, los caños y las lagunas, y para este fin estaba construyendo una canoa.

Kuwai salía todas las mañanas a trabajar, llevando anzuelo y carnada y regresaba al oscurecer trayendo comida para su mujer y su hijo.

Un día llegó por allí, un hombre llamado Zamareri y dijo: —Kuwai siempre lleva pescado a su casa, ¿de dónde los sacará?— y haciéndose esa pregunta decidió averiguar el sitio al que Kuwai iba a pescar.

Por la mañana, después de que Kuwai se fue a construír la canoa, Zamareri le preguntó al hijo:

—Muchacho, ¿dónde pesca tu papá, que siempre lleva tan buen pescado a casa?

—Yo no sé —respondió el muchacho.

Zamareri, continuó: —Yo sé hacer muchas cosas, pero se me están olvidando porque no tengo qué comer... ¡aguanto tanta hambre!

El muchacho lo miró y dijo:

—Mi papá dijo que no le contara a nadie dónde quedaba el pozo de los peces.

Entonces Zamareri hizo un pajarito y se lo ofreció al muchacho, pero éste sólo lo miró. Zamareri siguió haciendo pajaritos cada vez más hermosos y de distintos colores: amarillo, azul claro, blanco, negro, gris, amarillo con rojo, negro con rojo, por último hizo un pajarito de color rojo; el muchacho que se había quedado extasiado mirando los pajaritos, prestó especial interés en el pajarito rojo y Zamareri aprovechó la ocasión para decirle: —Dime, ¿dónde es que tu papá guarda los peces?

—Allá... lejos —dijo el muchacho mirando el horizonte, mientras Zamareri le ofrecía el pajarito rojo.

—Vamos, vamos que tu papá está construyendo una canoa lejos de aquí.

—Está bien —repuso el joven—. Pero sólo puede sacar dos peces.

Partieron con arpón y anzuelo en mano, hasta el pozo donde Kuwai guardaba los peces; allí Zamareri olvidó la advertencia del muchacho, quien asustado miraba la forma como Zamareri sacaba y sacaba peces, revolviendo el agua y haciendo sonar con estrépito, hasta que fue tal la fuerza que hicieron los peces dentro del pozo que rompieron la entrada y salieron en estampida.

Zamareri se asustó mucho al ver cómo los peces salían río abajo y él no podía detenerlos. Decidió ir tras ellos para tratar de detenerlos, pero sus muchos intentos fueron en vano.

Kuwai, que trabajaba haciendo la canoa en un lago cerca del río, vio que algo se movía dentro del agua; miró fijamente y se dio cuenta que era un pececito, lo cogió, y partió rápidamente para su casa preocupado y pensando qué habría sucedido.

Cuando Kuwai llegó a su casa preguntó:

—¿Quién fue al pozo de los peces?

—Zamareri fue con su hijo, el muchacho ya está de regreso, pero Zamareri no aparece —respondió su mujer.

Kuwai se fue a buscar a Zamareri y tuvo que navegar por muchos ríos, caños, lagos y lagunas donde ya había peces, para dar con su paradero. Lo encontró en un inmenso río, parado con las piernas abiertas intentando detener los peces. Kuwai le dijo:

—Si quieres detener los peces, así lo harás. E inmediatamentelo lo convirtió en una piedra gigantesca, que quedó en el centro del río.

Narrador: Pedro García "Jacobo".

Kuwai: Kuwaizairi: Dios creador perteneciente a la mitología
   Piapoco.

Zamareri: Personaje mítico Piapoco.

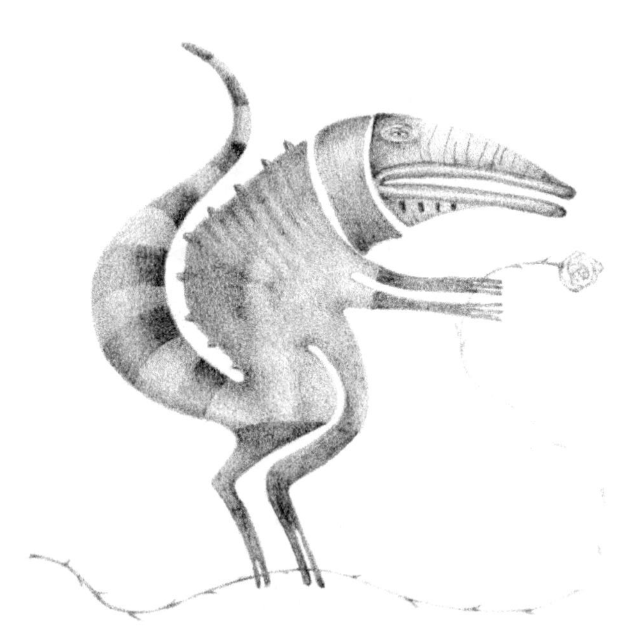

Kuwai tenía una hija dotada de la belleza de las flores silvestres; cuando la muchacha llegó a la edad de casamiento, Kuwai colgó una hamaca en su casa y dijo:

—Quien desee casarse con mi hija ha de sentarse en un extremo de la hamaca, cuando mi hija ocupe el lugar vacío. Ahí sabremos quién es el elegido.

De la inmensa sabana y de los espesos bosques de la selva llegaron los animales más hermosos, que se creían capaces de conquistar el amor de la hija del dios. Pero la muchacha no sabía a quién elegir; así pasaron muchos animales, entre ellos, una gaviota y un gaván que se preguntaban la razón por la cual no habían sido elegidos.

Llegó la noticia a oídos del lagarto, que muy vanidoso se bañó y se compuso de la mejor manera, pero su vanidad duró poco, pues al mirar su reflejo en el agua se dijo entristecido: "la hija de Kuwai no se casará conmigo". Pensando ésto, fue a buscar compañía del sapo, su mejor amigo, que al verlo le dijo:

—Qué te pasa hermano lagarto, te ves muy triste.

El lagarto le contó la causa de su tristeza al sapo y éste repuso:

—Yo puedo hacer que se fije en tí la hija de Kuwai, pero tú debes hacer algo por mí.

—Haré lo que tú quieras, así la hija de Kuwai se casará conmigo —contestó el lagarto.

—Quiero que me construyas una casa, cuando hayas terminado te enseñaré unas palabras que deberás rezar.

El lagarto se puso a trabajar inmediatamente, cortó los troncos, trajo la palma y con mucha sabiduría construyó la casa para el sapo.

El sapo, satisfecho, concluyó su parte en el trato enseñándole un rezo para enamorar, pidiéndole al lagarto que lo repitiera en voz alta. Cuando el lagarto terminó el rezo, el sapo le golpeó fuertemente la cara y el lagarto apareció súbitamente en la casa de Kuwai. Cuando lo vieron los animales presentes susurraban:

—Miren ese animal tan feo; ¿acaso piensa casarse con la hija de Kuwai?

—Ese animal está muy sucio.

—¿A qué vendrá el lagarto?

El lagarto sin inmutarse por los comentarios y sin preocuparse por su aspecto, fue directamente a sentarse en un extremo de la hamaca.

Ante la expectativa de todos los presentes, la hermosa hija de Kuwai se dirigió a la hamaca y se sentó frente al lagarto.

Los demás animales se preguntaron durante mucho tiempo, cómo fue que un animal tan feo y sucio como el lagarto pudo enamorar a la hija de Kuwai.

Narrador: Héctor Gaitán.

GLOSARIO

Kuwai: Kuwaizairi: Dios creador de la mitología Piapoco.

Sabanas: Llanura de gran extensión, cubierta de vegetación y con grupos de árboles aislados.

Los primeros habitantes de la tierra fueron Tzamani, Maduedani, Kapuyari, Zinuri y Borotomi; ellos querían llegar al cielo y pasaban gran parte de su tiempo bailando, pues para ellos esta actividad era sagrada, y creían que así alcanzarían altura.

A estos personajes les disgustaba mucho que interrumpieran su baile y que no bailaran con ellos y convertían en animal a quien osaba desobedecer.

Borotomi, la hermana mayor, prefería conseguir comida y se iba a buscar pepas de moriche o de seje, o se encaminaba al conuco para limpiarlo. Ella no compartía la comida con sus hermanos y cuando regresaba bajaba al río con todo lo que traía.

Un día, Tzamani preguntó: —¿por qué no podemos subir al cielo?

—Porque Borotomi es mezquina y no baila con nosotros —dijo Maduedani.

Los hermanos se propusieron vigilar las actividades de Borotomi y así descubrieron que ella tenía amores con un caimán.

Tzamani, Maduedani, Kapuyari y Zinuri se pusieron furiosos y comentaron:

—Borotomi se convertirá en animal y no subirá al cielo con nosotros.

Tzamani, quien era el más poderoso de los hermanos, dijo:

—Hagamos una puya y la tiramos hacia lo alto, si la puya se queda allá, donde está el color azul, la convertiremos en escalera.

Así lo hicieron y fueron subiendo uno por uno al cielo, mientras Borotomi lloraba detrás de ellos pidiéndoles que no la dejaran, pero ellos sin hacer caso a las súplicas de su hermana, llegaron al firmamento y se convirtieron en estrellas.

Borotomi seguía gritando, de pronto se dio cuenta que de su boca sólo salía el sonido: anapa... anapa... anapa... miró para todas partes y se asustó mucho al ver que estaba volando, trató de volver, cuando pisó tierra de su boca salió el sonido: yooor, yooor, yooor. Borotomi pensó entristecida, que sus hermanos tenían razón y se fue siguiendo el río hasta encontrar el sitio donde el agua y la tierra se unen con el cielo. Así pudo subir al firmamento. Sus hermanos se sintieron muy contentos al verla, y desde entonces, todos reunidos, brillaron con más intensidad iluminando las noches de la tierra.

Narrador: Ramón Daniel Gaitán.

Glosario

Tzamani: Personaje de la mitología piapoco, que junto con sus hermanos Maduedani, Kapuyari, Zinuri y su hermana Borotomi, poblaron inicialmente la tierra y luego subieron al cielo conformando las estrellas y constelaciones que aún hoy son reconocidas en las comunidades piapoco.

Árbol de moriche: Palma americana.

Seje: Palma de cuyo fruto se elabora bebida utilizada en fiestas.

Conuco: Parcela de tierra en la cual se cultivan las diferentes plantas usadas por las familias.

Puya: Punta o lanza acerada que se utiliza en la caza y en la pesca.

En aquel lejano tiempo, cuando las sombras aún no caían sobre la tierra, había un anciano de nombre Yapiriku, que vivía recorriendo diferentes lugares en busca de la noche.

Yapiriku se daba cuenta de que la luz permanente no dejaba crecer las plantas y que aquellas plantitas que nacían bajo la sombra de otras, jugando con la luz y la sombra, crecían y daban bellas flores. Veía además, que la gente se sentía cansada y con sueño y no sabía a qué hora salir a pescar, a cazar o a trabajar en el conuco.

Un día encontró unas plantas grandes y bonitas y exclamó:

—¡Aquí debe estar la noche! y decidió esperar.

Al poco tiempo llegó un hombre, el dios Kuwai, y preguntó a Yapiriku, qué hacía allí. Yapiriku le dijo:

—Si tú eres el dueño de la noche, ¿por qué no me la regalas?, pues los hombres están cansados y las plantas no crecen.

Kuwai le dijo que la noche volvía a la gente vieja y el sueño la arrugaba y sacó una pequeña caja que le entregó a Yapiriku advirtiéndole: —Toma esta caja, ahí está la noche, pero no la puedes abrir por el camino. Ábrela cuando llegues a tu casa.

Yapiriku partió muy contento, pero había iniciado apenas el camino cuando la cajita empezó a pesar y él a sentirse cansado.

A medida que Yapiriku avanzaba, la cajita pesaba más y más hasta que le fue imposible levantarla y dar un paso. Entonces pensó: "Kuwai me ha engañado, esta caja tan pequeña y tan pesada no debe ser la noche". Y abrió lentamente la caja; cuando la noche tocó el aire, la tierra empezó a oscurecer y los grillos saltaron de todos los lugares emitiendo su sonido monótono y agudo.

Yapiriku disfrutó de la noche y durmió mucho tiempo, pero cuando despertó todavía estaba oscuro; pensó en la advertencia de Kuwai: "No abras la caja en el camino...".

En sombras, la tierra se veía diferente y aunque la vida se sentía, se percibía un misterio que Yapiriku no podía descifrar; había muchos animales que lo miraban con sus ojillos brillantes y algunas plantas que crecían, pero todas las cosas de la tierra parecían dormidas.

Yapiriku se dijo que la luz y la oscuridad eran importantes y se subió a un árbol para mirar el lugar por donde siempre había visto salir el sol, esperó largo rato, luego tomó una hoja y con sus manos fabricó una pava que lanzó con fuerza al punto en el que nace el día y al instante las sombras se fueron destiñendo bajo el graznar de las pavas, y el calor del sol que daba sus primeras luces.

Narrador: Ramón Cuevas.

GLOSARIO

Yapiriku: Personaje mítico piapoco.

Kuwai: Kuwaizairi, dios creador de la mitología piapoco.

Grillo: Insecto saltador que se caracteriza por producir un sonido agudo y monótono.

Pava: Ave de plumaje negro-verdoso que deja escuchar su graznido en la madrugada.

La mujer de Purna

Purna tenía una mujer que había nacido del árbol de laurel y de su cuerpo emanaba un olor muy fuerte. Ella se bañaba todas las mañanas en el río y perfumaba las aguas, el aire y las hojas de los árboles, que parecían deleitarse con su aroma en un movimiento acompasado por el viento.

Sucedió que, mientras la mujer se bañaba, el rey Zamuro paseaba por la otra orilla del río, y al sentir el olor de su cuerpo quiso conquistarla y llevarla a vivir con él. La mujer de Purna hizo caso a los engaños de Zamuro y partió con él para su casa.

La pena invadió a Purna quien ya no sentía deseos de pescar o cultivar la tierra, y pasaba el tiempo mirando el río y pensando qué había pasado con su mujer.

Decidió, un día, espantar la tristeza y salió con su cerbatana a cazar y a cuanto animal encontraba en el camino le preguntaba:

—¿Has visto a mi mujer?

—No, contestó el venado.

—No, contestó la lapa.

—A mí ni me preguntes —respondió la danta.

—Yo no sé nada —dijo el cafuche.

Purna cazaba a la orilla del río y cuando los monos lo vieron se asustaron mucho, pensando que los iban a matar, chillaban saltando de un lado para otro esquivando la cerbatana de Purna, hasta que uno de ellos dijo:

—No nos mates, no nos mates... Purna... Tu mujer está al otro lado del río.

—Sí, dijo otro —está en la casa del rey Zamuro.

Y el tití que estaba atento a lo que sucedía continuó:

—Hoy darán una fiesta, nosotros estamos invitados y llevaremos seje para preparar la bebida, también llevaremos el carrizo...

—Voy con ustedes —dijo Purna decidido.

Los monos se rieron y respondieron: Tú no eres capaz de saltar como nosotros, ¿cómo cruzarás el río?

A la orilla del río había un árbol gigantesco cuyas crecidas raíces cruzaban el agua a manera de puente. Los monos se untaron las manos con pegante y se encaramaron en las ramas de los árboles hasta llegar a la gran raíz, Purna los imitaba en todo movimiento.

Con mucha agilidad los monos cruzaban el río cuando Zas... Zas..., Purna perdió el equilibrio y cayó al agua. Las carcajadas de los monos retumbaron en toda la selva, el tití, se mojó la punta de la cola y la boca para no reír tanto y el araguato se tapó a dos manos la boca de manera que la risa se bajó y siguió riendo en la garganta.

El perezoso ayudó a Purna y nuevamente en el árbol continuaron su camino haciendo burlas y riendo de los movimientos de Purna, cuando Zas... Zas..., gritaron todos en coro al ver caer nuevamente a Purna, quien prefirió terminar a nado el recorrido.

Ya en tierra Purna le dijo a los monos: —Vengan, si ustedes quieren enamorar a las mujeres, yo los voy a peinar.

El primero en pasar fue el tití y Purna le pintó la boca y la cola de negro, otro mono quedó con mucho movimiento en las cejas y no podía tenerlas quietas; otros quedaron con la frente pelada y la cara blanca. Al mirarse en el agua los monos se desanimaron pues habían quedado muy feos, pero no tuvieron tiempo de lamentarse porque ya las muje- res venían a encontrarlos.

Los monos sacaron el carrizo y empezaron a cantar y a bailar.

Purna no vio a su mujer entre las que lo recibieron y aprovechando la distracción de todos se fue para la casa del rey Zamuro, allí su mujer estaba cocinando y no lo vio, entonces Purna hizo que se le acabara la leña para que ella lo mandara a cortar más y así pudiera reconocerlo.

Cuando la mujer vio a Purna con la leña, lo reconoció y se alegró mucho; juntos tomaron el camino de regreso a casa, dejando atrás la algarabía que se había formado en la casa del rey Zamuro.

Narrador: Pedro García "Jacobo".

Purna: "Purnaminari", dios de la mitología piapoco.

Tití: Mono pequeño.

Araguato: Mono aullador.

Perezoso: Mono lento en sus movimientos.

Carrizo: Instrumento musical, elaborado del tallo de una palma y utilizado en las fiestas por los piapoco.

Zamuro: Gallinazo, zopilote.

Seje: Palma que posee un fruto utilizado por los piapoco para elaborar la "chicha" o bebida para las fiestas.

Cerbatana: Arma utilizada por algunos indígenas americanos consistente en un tubo largo por el cual se disparan dardos.

Un perro buscaba dónde vivir con su mujer y su cachorro, pues las fuertes lluvias de invierno habían destruído su casa; al internarse en la selva sintió olor a comida y vio, en el aire, humo que se confundía con las nubes grises.

—Allá debe haber casa —dijo el perro, señalando el camino que debían seguir.

Cuando se aproximaron a la casa, dando voces y llamando a gritos, desde lo alto de un árbol los monos les respondieron: —Es la casa del tigre, es la casa del tigre...

El perro y su familia se escondieron y decidieron esperar. Cuando el tigre salió de cacería, el muy cauteloso perro llegó hasta la casa y encontró comida abundante y un buen refugio para los días de lluvia.

Llamó a su mujer y a su hijo y juntos urdieron un plan para ahuyentar al tigre.

Al anochecer escucharon ruidos y el cachorro empezó a dar alaridos, entonces el perro preguntó: —Mujer, ¿por qué chilla tanto nuestro hijo?

—Es que quiere comer carne de tigre —contestó la perra.

Al escuchar esta conversación el tigre se llenó de pavor y salió corriendo; lejos de su casa, en un lugar donde no se escuchaban alaridos, se detuvo a descansar. Estando allí, recostado en un árbol, se le acercó un mono y le dijo:

—¿Tanto miedo le tienes a un perro?

—¿Ajj... ajj... es un perro? —repuso jadeante el tigre. ¿Acaso no comen carne de tigre?

—Nooo... tigre, no seas miedoso, si quieres yo te acompaño, vamos a tu casa y sacamos al perro. El tigre miraba indeciso y el mono proseguía: mira, —dijo sacando un bejuco— tú te amarras al cuello este extremo del bejuco y yo me amarro del otro extremo, así, siempre estarás acompañado y no sentirás miedo.

El tigre aceptó la propuesta y los dos animales partieron amarrados por el cuello al bejuco. Cuando estuvieron cerca de la casa, sus patas apenas tocaban el suelo, y sigilosamente se acercaron a la puerta cuando el cachorro del perro retumbó en el aire con su alaridos.

—Huele a carne de tigre —dijo el perro—. Voy a cazar uno que debe estar cerca.

Estas palabras asustaron tanto al tigre, que partió despavorido y en su loca carrera veía que el mono lo seguía con una sonrisa en la boca. El tigre disgustado se detuvo, regañando al mono: —No te bur..., pero no pudo terminar sus palabras, pues al ver al mono ahorcado con el bejuco fue tan grande su horror que volvió a su alocada carrera para concluirla hasta estar seguro de haberse alejado lo suficiente de su casa.

El perro y su familia jamás volvieron a sentir los pasos del tigre y vivieron en la casa de éste, hasta cuando el sol secó las aguas y ellos decidieron ir a pescar a las playas.

Narrador: Ramón Cuevas.

Makutzuri

—Abuelo, cuéntame una historia, esa... la de la estrella coja —dijo una niña a un anciano piapoco que miraba las estrellas.

El hombre señaló el cielo y contestó: —¿La ves entre las nubes?, esa estrella se llama Makutzuri... hace muchísimos años había un sembrador que vivía con su mujer y su suegra. Llevaba a casa toda especie de pescado, pero su suegra mientras cocinaba se lo iba comiendo sin dejar alimento para los demás.

Makutzuri, que así se llamaba el hombre, pescó una piraña, pez muy voraz con todo lo que tocan sus filudos dientes, y descubrió un pozo, cercano al río, y con la hoja del árbol de merey fabricó cientos de estos peces que depositó allí.

Al atardecer, regresó a su casa llevando pirañas para la comida.

La suegra de Makutzuri no dejaba de comer y de elogiar el buen sabor del pescado y cuando acabó con todas las pirañas ordenó a su yerno: —Ve a pescar y tráeme más peces de estos.

—Vaya usted misma suegra, que allá hay un pozo lleno —contestó Makutzuri señalando el camino que va hacia el río.

La suegra se fue pensando en la cantidad de peces que tendría para comer, llegó al pozo y se introdujo en el agua con la redecilla de pescar en la mano, e inmediatamente las pirañas la atacaron y devoraron sin que ella pudiera dar un grito de auxilio.

La mujer Makutzuri, preocupada por la tardanza de la madre, al ver que ya oscurecía, decidió ir a buscarla.

Cuando la muchacha llegó al pozo y vio los huesos flotando en el agua, se sentó a llorar desconsolada; súbitamente, suspendidos en el aire, los huesos le hablaron así: —Makutzuri fue quien me envió al pozo, él es el culpable de mi muerte.

La muchacha sorprendida y llorosa, tomó los huesos en sus brazos y partió corriendo para la casa. Al llegar allí se abalanzó sobre Makutzuri reprochándole y culpándolo por la muerte de la madre. El hombre se apartó de la muchacha y en un ademán rápido convirtió los huesos de la suegra en una guacamaya, que voló a un árbol cercano.

La muchacha, cegada por la furia, sacó un hueso que había escondido y le cortó una pierna a Makutzuri. La pierna cayó al suelo y el hombre le pintó rayas y la llevó al río donde se convirtió en bagre rayado.

Makutzuri pidió ayuda a sus hermanos y una noche lluviosa, cuando los peces ponían sus huevos, subió al cielo, junto a ellos.

Narrador: Ramón Cuevas.

GLOSARIO

Makutzuri: Personaje mitológico piapoco, también llamado "Kapuyari", hermano de Tzamani, primeros pobladores de la tierra que después se convierten en estrellas. Este personaje es llamado el sembrador.

Piraña: Pez voraz de los ríos americanos.

Merey: Marañón, árbol de fruto acorazonado.

Bagre rayado: Pez que abunda en los ríos americanos, comestible y muy apreciado por su sabor.

Un mal presagio

Cada mañana dos jóvenes salían muy temprano a pescar, tomaban sus aperos y se encaminaban al río. En cierta ocasión, cuando iban por el camino, escucharon voces y risas de mujeres y decidieron buscar la orilla del río antes de llegar al lugar acostumbrado.

Navegaba lentamente un bongo, remado por mujeres hermosas, que llevaban gran cantidad de tortas de cazabe.

Uno de los hombres dijo:

—¡Mira qué hermosas mujeres!

—Sí —contestó el otro, mientras hacía señas y daba gritos para llamar la atención de las mujeres que le llevaban cazabe a los dioses.

El bongo se fue acercando a la orilla y las mujeres saludaban y reían alegres, hasta cuando uno de los hombres pidió un pedazo de cazabe.

—Nooo... —contestaron en coro las mujeres— y una de ellas explicó: este cazabe es para los dioses; si tú lo comes, algo malo puede suceder.

—Un pedazo no se notará —insistió el hombre—. ¡Tengo tanta hambre!

Las mujeres se miraron y en silencio le dieron un pedazo de cazabe al hombre; presurosas remaron sin mirar atrás, y se perdieron en un recodo del río.

Con una sonrisa, el hombre saboreaba el cazabe, cuando horrorizado sintió que los dedos de la mano se le caían como hojas secas de los árboles; desesperado trataba de tenerse el cuerpo pero éste se le iba cayendo por partes, hasta que sólo la cabeza, entre lágrimas y gemidos, logró saltar a los hombros del compañero, de donde quedó prendida.

El hombre con dos cabezas, muy asustado, corrió hasta la casa de su abuelo y le pidió ayuda. La cabeza relató lo sucedido, entonces el abuelo les dio ají para que desapareciera, pero la cabeza saboreó el ají y cuando empezó a picar pidió con grandes voces un poco de agua.

La cabeza seguía ahí en el cuerpo del otro hombre, alimentándose de lo que éste se alimentaba, durmiendo cuando éste dormía, trabajando cuando éste trabajaba, hasta que un día el hombre desesperado dijo: —Abuelo, ya no hay comida que satisfaga mi cuerpo, ni agua que quite mi sed.

La cabeza respondía: —Si ya estás cansado conmigo llévame al río y déjame allí.

Cuando el joven se vio muy delgado y pálido, esperó a que la cabeza se durmiera y convino con el abuelo dejarla en la sabana, detrás de los montículos en los que vive el comején.

Cuando la cabeza despertó ya estaba en el suelo y de sus orejas brotaron dos alas y su cabello se convirtió en plumas y voló a la rama de un árbol desde donde habló:

—Ya no van a volver a verme, pero sí me van a oír... mi canto aye... ayee... ayee... presagia una muerte dolorosa... mi canto jelu... jelu... presagia una muerte tranquila... diciendo esto, su boca se transformó en pico, sus alas se extendieron haciendo una sombra sobre el abuelo y el joven, y desapareció.

Los dos hombres regresaron silenciosos, pensando en que la muerte había llegado.

Narrador: Ramón Daniel Gaitán.

GLOSARIO

Cazabe: Torta de harina de yuca brava.

Bongo: Canoa, embarcación hecha con el tronco de un árbol.

Comején: Insecto.Un mal presagio.

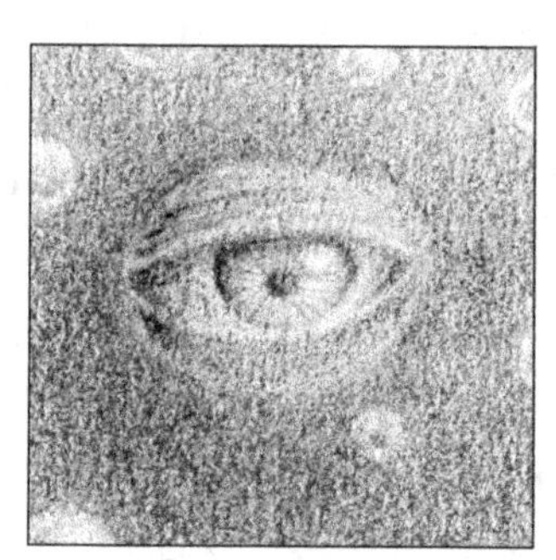

Los relatos de Floresmiro

Un día el tigre le dijo al guatín: —Oiga hermano, ¿me cuida mis hijos un momento mientras voy a traer comida?

— Claro —contestó el guatín—. Yo le cuido sus hijos y vaya tranquilo con su mujer.

Cuando los tigres llegaron al monte más tupido, iban muy juntos, pegaditos. Sin saber cómo, el día entero la pasaron enamorándose y no consiguieron nada de comida. De vuelta en casa y muy apenados, el macho dijo al guatín:
— No se preocupe hermano, mañana yo salgo muy temprano y traigo comida y leña.

El guatín estaba disgustado y pensaba ya no quiero cuidar más esos hijos. Tuvo miedo del tigre y dijo: —Bueno hermano, yo le cuido sus hijos.

Al otro día de madrugada el tigre despertó al guatín para despedirse y le dijo: —Mi mujer va a coger maíz, si los muchachos lloran lléveselos para que les dé de mamar— y se marchó.

Pero el tigre se encontró con su mujer en el camino y no fueron a trabajar sino a enamorarse.

El guatín tenía mucha hambre y los hijos del tigre lloraban y chillaban. Desesperado al no encontrar a la madre en el maizal, el guatín cogió una de las crías la mató e hizo una mazamorra. Comió y les dio de comer a los hijos del tigre.

Por la noche llegó la pareja de tigres muy cansados y la mujer dijo: —Hermano guatín, no encontramos nada de comida, pero mañana sí traemos porque ya descubrimos la huella del puerco —el guatín apenas la miró y ella continuó— tráigame mis crías, que les voy a dar de mamar.

El guatín le trajo las crías y la mujer dijo: —Oiga hermano, hace falta uno. Entonces el guatín dijo: —¡Ay hermana!, ese tigrillo es perezoso y sólo quiere dormir.

Al otro día la pareja de tigres se despidió del guatín agradeciendo mucho el que les cuidara los hijos.

El guatín estaba furioso y se dio cuenta que los tigres no trabajaban sino que se la pasaban enamorándose.

Entonces cocinó la última cría de los tigres y al anochecer cuando llegaron cansados les ofreció mazamorra.

—Muy bien cocinada la mazamorra —dijo la mujer ,sin preocupación—. Hermano guatín, tráigame mis crías y como el guatín no respondió, dijo: —Dónde están mis crías, que no me las trae para darles de comer.

—Cuáles crías si ustedes mismos se las han comido —dijo el guatín.

La mujer se dio cuenta de lo que había pasado y se fue furiosa a perseguir al guatín, quien corrió muy rápido y se metió en un hueco que había en la raíz de un árbol.

Desde el hueco decía: —Venga, venga hermana tigre, meta la cabeza por aquí, y verá que yo también la enamoro.

La mujer, intrépida y con deseos de morder al guatín metió la cabeza por el hueco y se quedó atrapada.

El guatín salió corriendo y cuando llegó a la casa del tigre le comentó en secreto que su mujer lo quería enamorar.

Pero en ese instante la mujer llegó dando rugidos y contando a todo grito lo que el guatín le había hecho.

Partió a correr nuevamente el guatín y se metió en el hueco. El tigre cogió una rama de un árbol y empezó a hurgar por el hueco y con la punta del palo atrapó una patica del guatín que ahí mismo gritó: —Espere, espere hermano tigre , lo que agarró fue una raíz.

El tigre que ya casi sacaba el palo, aflojó un poco y el guatín amarró el palo con un poco de raíces y el tigre hale y hale hasta que se le rompió el palo.

El guatín salió y se fue riendo.

El tigre se fue para su casa y le prometió a su mujer que buscaría el guatín en el monte.

Apenas el sol se ocultó, el tigre se fue para el monte y muy sigiloso trepando en los árboles y caminando en almohadillas encontró al guatín que estaba muy fresco sentado en un tronco seco comiéndose un táparo.

—Ahora sí no se escapa —le dijo, pero el guatín muy tranquilo le respondió: —Espere, hermano tigre, pruebe estos táparos tan sabrosos que estoy comiendo.

El tigre recibió y comió: —Qué sabrosos son —respondió— ¿dónde consigue esta comida tan sabrosa?, y el guatín le contestó—: Mire hermano ,usted coge una piedra blanca del río, luego pone su cola en el piso y machuca , machuca duro. Así nace el táparo.

Entonces el tigre se sentó y con una piedra machucó su cola contra el piso y quedó privado del dolor. El guatín salió corriendo y se escapó, riendo a carcajadas.

Después el tigre pasó varios días y noches buscando al guatín. Una tarde vio sus huellas y lo encontró comiendo queso a la orilla del río y el guatín al ver al tigre le dijo:

—Antes de matarme, hermano tigre, tiene que probar este queso tan rico. El tigre se comió un pedacito y dijo: — Qué cosa más sabrosa, ¿de dónde saca esta comida?

—¿No ve ahí en el fondo del agua, hermano? Todo eso que usted ve allá en el fondo es queso —contestó el guatín.

—¿Cómo se saca? —preguntó el tigre, muy confiado.

—Muy... muy.. fácil hermano, usted se amarra unas piedras grandes en la cola para que le hagan peso y así tiene tiempo de sacar mucho queso del fondo, vea hermano tigre qué fácil es.

—Yo no creo que pueda hundirme y traer queso —dijo el tigre.

—Tranquilo, si usted quiere yo le amarro estas piedras en la cola —dijo el guatín señalando unas piedras del río.

—Ya que así es que hay que hacer... por qué mejor no me amarra unas en la espalda y otras en la cola para poder ir bien a pique, contestó el tigre. Listo para lanzarse al agua el tigre se asustó, no quería ir por el queso y el guatín le dió un empujón y cayó al fondo del agua y se dio cuenta que ahí había sólo piedras y barro; entonces casi sin respiración y medio ahogado rompió con sus colmillos el bejuco que amarraba las piedras y salió a la playa mientras el guatín se iba muy tranquilo monte adentro dando carcajadas.

El tigre se metió en el monte detrás del guatín y a la luz de hoy sólo ha encontrado su rastro, porque el guatín se le aparece y desaparece como por arte de magia, dejándole siempre una herida para curar.

GLOSARIO

Guatín: También llamado ñeque, es un roedor pequeño, muy
    astuto.

Táparo: Palmas que tienen hojas desde el suelo y producen
    un rico fruto.

El chimbilaco

Jerú Potó se llamó así porque nació de la pierna de una mujer, quien murió al dar a luz. Unos ancianos al ver al niño solo, lo recogieron y lo criaron y los restos de la madre los enterraron en la playa, cerca a su casa.

Cuando el niño creció, la vieja le prohibía ir a la playa porque no quería que encontrara los huesos de su mamá. Jerú Potó le preguntaba: —¿Quién fue que se comió a mi mamá, dígamelo, abuela?

Todos los días le preguntaba hasta que ella le contestó: —Fue un monstruo del monte —le mintió para que no fuera a buscar los restos de la mamá.

El niño siguió creciendo al lado de los viejos que lo querían mucho y le habían enseñado a usar las flechas, el cuchillo y a cazar animales del monte, entonces el muchacho preguntó a la anciana: —Abuela dígame la verdad, ¿qué animal fue el que se comió a mi mamá?

—Fue la luna —contestó ella por salir del paso y quitarle la preocupación al muchacho.

Jerú Potó buscó una semilla de guadua y esperó a que creciera; se fue caminando por la playa y encontró un hueso y sin saber que era de los restos de su mamá hizo una flauta con él, se puso a tocarla y a medida que la música inundaba el aire la guadua empezó a crecer y a crecer hasta llegar al cielo.

Por la noche Jerú Potó se subió al árbol y con la punta de la flauta empezó a mover la luna.

Entonces la vieja llena de miedo porque el muchacho iba a arrancar la luna le dijo: —No hijo, no fue la luna la que se comió a su mamá, fue la serpiente gigante: la sierpe, fue la sierpe la que se comió a su mamá .

Todos le tenían miedo a la serpiente y la vieja se aseguró para que el muchacho no se pusiera en peligro.

Pero Jerú Potó no quiso comer más maíz, ni carne de monte, ni pescado, estaba muy flaco y de color amarillo; entonces la vieja se puso a vigilarlo y se dio cuenta que el muchacho cogía los animales y se les tomaba la sangre.

—Abuela no se asuste, que yo estoy cogiendo fuerza de los animales para ir a matar a la sierpe —le dijo el muchacho cuando la anciana le reclamó por no comer y tomar sangre.

Un día bien de mañana le dijo a los viejos: — Ya hice mi balsa, llevo mi yesquero y mi arma, me voy a matar la sierpe.

—No vaya hijo, la sierpe se lo comerá —respondieron los viejos.

—Abuela, por ahí a medio día usted mira para el río, si ve humo es que estoy vivo —dijo el muchacho mientras se encaminaba hacia la playa.

Jerú Potó se montó en su balsa y se fue tocando su flauta: "ueeooo, ueeooo, ueeooo".

El agua del río se empezó a picar y a hacer oleaje. El muchacho se sostenía en la balsa, cuando vio venir a la serpiente gigantesca que le dio un coletazo y lo mandó a pique y ¡zas! se lo tragó.

A medio día salió la vieja y vio humo que salía del centro del río y gritó: —Mi hijo está vivo, mi hijo está vivo...

Pero pasaban las horas y el muchacho no aparecía.

Jerú Potó había caído en otro mundo por dentro de la sierpe, y viéndola quietecita cogió su cuchillo y le hizo una herida en el corazón, gota a gota fue saliendo sangre y el muchacho se la fue tomando.

Escuchó voces y vio que había tres muchachas que se había tragado la sierpe hace tiempo y les preguntó: —¿Dónde tiene la cola esta serpiente?

—Escuche —dijo una. —Donde está callado es la boca y donde está sonando ¡bauu, bauuu! es la cola.

Se fue Jerú Potó con su cuchillo en la mano cuando ¡zas! donde estaba sonando era la boca, y la sierpe lo agarró con sus dientes, pero él se fue saliendo.... se fue saliendo por entre los dientes, se fue saliendo como un zancudo, como un tábano, como un mosco, se fue convirtiendo en animal hasta que salió como un chimbilaco.

Los viejos estaban esperando en la playa a que llegara el muchacho, pero sólo llegaron esos animales que les empezaron a chupar la sangre y ellos tuvieron que esconderse en el tambo.

Jerú Potó no volvió nunca, pero todos los días cuando el sol se está ocultando y salen los zancudos y los mosquitos, el chimbilaco aguarda hasta que esté bien oscuro para abrir sus alas y salir a chupar sangre.

Chimbilaco: Vampiro, animal de unos 10 centímetros de longitud que se alimenta de chupar sangre.

Jerú Potó Oarra: Términos que en lengua Emberá significan "el hijo de la pierna".

Tambo: Nombre dado a la vivienda en las comunidades indígenas Emberá.

Yesquero: Piedra para hacer fuego.

Los huevos de la sierpe

Hace algún tiempo una familia vivía cerca del río. Todos los días los hermanos salían y llegaban con su embarcación llena de peces. Un día madrugaron mucho y fueron a pescar, pasó todo el día y no consiguieron nada. El padre les preguntó: —¿Dónde está el pescado?, ¿por qué no han traído comida hoy?

—No papá, en el río no había nada —contestó uno de los muchachos.

—La comida de este río ya se acabó —dijo otro.

—No puede ser —repuso el padre—. Mañana iré con ustedes.

Antes de que el sol saliera, los muchachos y el anciano ya estaban en el río pescando, pero nada, por más que utilizaron velita de maduro y chontaduro cocinado como carnada ni un solo pez mordió el anzuelo.

Uno de los jóvenes se lanzó al agua pero no encontró nada.

Pasaron unos días, comiendo sólo maíz, hasta que el padre dijo: —Vámonos de aquí, busquemos otro río donde vivir.

Al día siguiente, toda la familia salió muy contenta, llevando maíz para comer. La noche llegó pronto; las mujeres y los niños colgaron sus hamacas y se durmieron, los hombres vigilaron toda la noche por temor al tigre, así pasaron dos días más con sus noches y al cuarto día, ya por la tarde encontraron un claro de selva limpio, sin árboles ni animales, como si lo hubieran barrido, la madre dijo: —Quedémonos a dormir aquí, ustedes ya están cansados siempre con los ojos abiertos, le dijo a los hombres.

Se acostaron en el suelo y cuando el sueño venía a llevarlos, el anciano escuchó un ruido que le hizo levantarse y llamar a sus hijos.

—Alguien anda por ahí —dijo. Pero la noche estaba sin luna y no se veía nada. Entonces escucharon una voz que les dijo:

—¿Qué hacen acá en mi casa durmiendo?... yo no quiero ninguna gente acá... yo siempre vivo solo en mi tierra —los muchachos sintieron que alguien se les mandaba encima y estuvieron peleando con la oscuridad hasta que cansados se durmieron en la pelea.

Al otro día muy de madrugada se marcharon; apenas había salido el sol cuando encontraron un río playado muy bonito, y el viejo dijo: —Aquí nos quedamos pase lo que pase.

Las mujeres armaron el fogón y las más jóvenes fueron río arriba a buscar pescado para comer.

Bordearon el río e iban muy alegres cantando y riendo por haber encontrado un lugar tan bonito para vivir; los peces se veían a través del agua cristalina y las muchachas cogieron varios, se bañaron y nadaron un rato, cuando escucharon: —Hermanas, hermanas —gritaba una de las muchachas que había salido más arriba de la playa.

—Vengan a ver lo que hay acá —dijo.

Las hermanas se tiraron al agua saliendo más arriba donde había un charco oscuro y la muchacha les dijo: —Vengan a ver estos huevos que hay acá. Había huevos rojos, azules, verdes... de todos los colores.

Las muchachas cogieron varios y una de ellas dijo: —Llevemos estos huevos para el campamento.

La madre los miró y dijo: —Sí, son huevos, ¿de qué animal serán?

Ni el padre ni los hermanos, ni las nueras, ni los yernos sabían qué animal ponía huevos de diferentes colores.

Será mejor cocinarlos, para ver si son buena alimentación, concluyó la madre.

Cuando los huevos estuvieron listos y los probaron decían: —¡Deliciosos!

—¡Sabrosa comida, los huevos de colores!, ¡ahh muy ricos!

—¡Comida muy buena! —decían los hermanos y hermanas y se fueron comiendo todos los huevos. No se dieron cuenta que uno de los hermanos se había ido a nadar con su mujer y cuando volvieron ya se habían terminado los huevos.

Enojados se fueron a dormir y cuando entraron al campamento toda la familia estaba profundamente dormida.

Entrada ya la noche, el muchacho que no había comido huevo escuchó un fuerte ruido y se levantó a mirar, salió a la playa y vio que el río bajaba crecido haciendo un ruido estruendoso ¡tralammm tralammm! y seguía subiendo y subiendo, haciendo oleaje.

—Padre... madre...— grita el muchacho desesperadamente .

En el campamento sólo se despierta la mujer que no había comido huevo y los demás siguen profundamente dormidos.

El hombre y la mujer ven por encima del oleaje una serpiente gigantesca rugiendo y gritando: —Mis hijos... mis hijos.

—Es la sierpe... es la sierpe... se comieron los huevos de la sierpe — gritó la muchacha, cogiendo al hombre de la mano, arrastrándolo hasta un malambo en el que se subieron.

El agua dejó limpia la playa, sólo un hombre y una mujer tomaron el camino de regreso.

Narrador: *José María Chanapicana.*

GLOSARIO

Sierpe: monstruo en forma de serpiente gigantesca en la mitología emberá.

Auka

El menor de los hijos de una familia, cuyos miembros iban muriendo uno a uno de repente, se llamaba Auka. Desde los abuelos hasta los nietos cuidaban celosamente al niño, pues creían que la muerte era causada por un jaibaná que quería desaparecerlos. Y querían protegerlo.

En el tambo ya no quedaban sino un joven y el niño. El muchacho, presintiendo que la hora de su muerte se acercaba, recogió maíz y plátano y metió entre las paredes las flechas, lanzas, el arpón y el anzuelo y le dijo a Auka: —Cuando yo muera quiero que me empuje en este hueco —señalando un hueco que él mismo había hecho en la tierra, pero el niño sólo lloraba recordando a su mamá—. Luego me tapa con esta tierra, continuó diciendo y señaló un montoncito de tierra que había puesto en la entrada del tambo, Auka sólo lloraba, pues su hermano se veía cada vez más enfermo y se tumbó al lado del hueco.

Cuando el joven murió, Auka lo empujó al hueco, luego lo tapó con la tierra como se lo había pedido y en un charco de lágrimas se quedó dormido.

Al despertarse solo, buscó comida y encontró el plátano y maíz, que su hermano había recogido y así pasó mucho tiempo. Después Auka encontró el anzuelo y fue a pescar. En la playa, bien a la orilla del río encontró una sabaleta; hizo fuego y comió con plátano.

Pasó el tiempo y Auka salía todos los días a pescar, comía y vivía solo hasta que un día, cuando ya era joven, lo sorprendieron dos tigres en la ribera del río. Auka partió en carrera hacia el monte, pero uno de los tigres se le abalanzó y lo tiró a tierra. Cuando ya estaba tumbado, el otro tigre se le paró encima y empezó a lamerle la cara; luego los dos tigres hembra, macho, le lamieron todo el cuerpo y lo dejaron ir.

Auka se levantó asustado y sin mirar para atrás voló hasta el tambo y no volvió a salir. No iba al río a pescar, ni al monte. Tenía mucho miedo.

De repente escuchó un ruido y se asomó. Los tigres traían una guagua que dejaron tirada en la puerta del tambo y se fueron. El joven esperó que se alejaran, recogió la presa, la asó y luego la comió.

Pasaron tres días y los tigres todos los días le traían carne de monte para comer, pero Auka seguía con miedo y tomaba la presa cuando ellos se alejaban.

Después los tigres llegaron cuando Auka estaba fuera del tambo y lo sorprendieron y como sólo lo acariciaron, les tomó confianza y desde entonces se hicieron amigos. Los tigres acompañaban al muchacho en sus correrías por monte y en la pesca por el río, hasta que él se convirtió en un hombre.

GLOSARIO

Tambo: Vivienda de los indígenas emberá.

Jaibaná: Chamán, médico tradicional, brujo en la cultura indígena emberá.

Los osos

No hace mucho tiempo, un hombre fue a cazar en las selvas que bordean la cordillera. Encontró un camino recto que se dividía en dos, formando una ye. Se detuvo a pensar cuál camino tomar, cuando divisó en el camino de la derecha a un gran oso hormiguero; decidió entonces tomar por la izquierda pero allí le apareció un oso negro, entonces el hombre dio un salto y se metió detrás de un árbol. Los dos osos siguieron caminando descuidados cuando ¡zas! tropezaron cara a cara. El oso negro reaccionó primero y ¡guape... guape! agarró al oso hormiguero y le dio varios golpes, pero el oso hormiguero reaccionó con furia y atacó al oso negro: los dos se trenzaron en una lucha furibunda. El oso negro cogió la jeta del hormiguero y la tiraba y la estiraba, mientras el hormiguero daba golpes con sus patas en diferentes partes del cuerpo del oso negro, dejándole manchas gigantescas.

El hombre escondido detrás del árbol no se atrevía ni a respirar, imaginando los dos animales muertos en un charco de sangre.

Berreaba el oso negro ¡brrr, brr, brr! y se ponía más bravo y el hormiguero ni siquiera gemía ¡pauuu, pauuu! sonando cada golpe que daba.

De pronto los dos animales se miraron jadeando y sin decir palabra, cada uno tomó su propio camino ante la mirada atónita del hombre que los vió alejarse sin ningún rasguño.

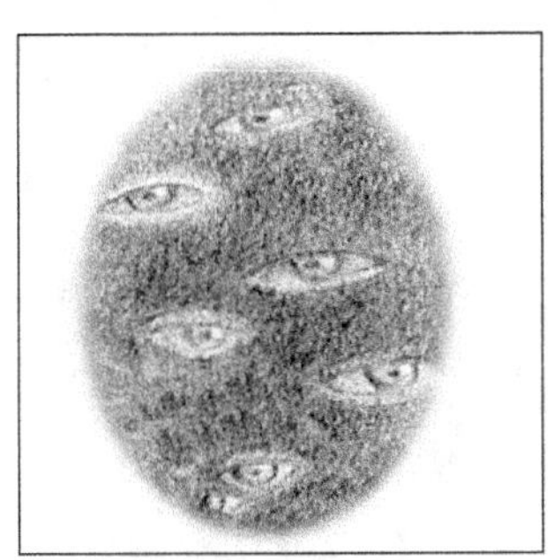

El eslabonero vivía en la parte alta del río cuando cazaba, prendía fuego y asaba la carne. El humo y el olor a carne asada despertaba la curiosidad de todos los animales de la selva que le preguntaban:

—Papá, qué será lo que come el eslabonero que huele muy bien y echa humo.

—Eso es con candela —dijo Carabí, padre de todos los animales de la selva, y se fue hasta el alto a pedir un poco de candela.

—Hermano eslabonero —le dijo—. Deme un poco de candela, quiero que mis hijos y yo comamos un poco de asado.

—No, yo no tengo candela —repuso el eslabonero—. Yo aso la carne con el calor del sol.

Carabí se fue disgustado, pensando que el eslabonero lo había engañado y le dijo a su hijo El Tucán: —Vaya usted hijo, y vigile a ver si es verdad que el eslabonero asa con el sol.

El Tucán emprendió vuelo y cuando llegó a la casa del eslabonero se dio cuenta que prendía candela con un eslabón y una piedra. Cuando el eslabonero prendió el fogón, el Tucán se acercó y prendió las puntas de su guayuco y se fue volando hasta donde estaba Carabí, y le dijo: —Mire la candela papá, asemos carne con ella... pero la candela se apagó y no pudieron comer nada. Carabí se dio cuenta que el eslabonero estaba pescando y se metió al agua, allí se transformó en un pez gigantesco, que el eslabonero fácilmente atrapó.

—Mujeer.. mujer... prenda rápido el fogón, mire este pescado que cogí hoy en el río...

Prendieron la candela y la mujer se puso a limpiar el pescado y ya iba a echar a Carabí al fogón cuando se tansformó en hombre y dijo: —Usted por qué mezquina la candela; sacó un tizón y se lo puso en la cola al eslabonero que pegó un grito y quedó convertido en lagarto con la piel corroñosa.

Carabí tomó la piedra y el eslabón y les enseñó a todos sus hijos a hacer candela.

Carabí: Personaje mitológico emberá.

Eslabón: Piedra especial para producir fuego.

En ese entonces muchos animales de la selva se estaban muriendo de sed, pues no tenían agua para beber y solamente tomaban líquidos de algunos frutos de los árboles.

Carabí esaba muy preocupado por sus hijos y se fue por un camino a bucar agua.

Después de mucho caminar, llegó a una casa y un hombre al verlo tan cansado le dio un poquito de agua en un calabazo.

Carabí, después de calmar su sed, le preguntó al hombre: —Hermano, de dónde saca el agua, yo tengo que darles un poco a mis hijos.

—Yo no tengo sino este poquito, tome otra —le ofreció a Carabí, para que llevara.

Dos animales apenas pudieron probar el agua y muchos ni siquiera la vieron. Al otro día Carabí volvió a la casa del hombre y este, nuevamente le dijo:

—No... no hay más agua.

Carabí se despidió del hombre, pero se ocultó detrás de un árbol; cuando el hombre salió con su calabazo, lo siguió y se dio cuenta que se encaramaba en un árbol de lano, lleno de bejucos hasta un hueco que tenía el árbol y allí se metía y sacaba el agua.

Carabí esperó que se bajara el hombre con el calabazo lleno de agua y le dijo: —Usted por qué mezquina el agua para mis hijos... y lo agarró por la cintura y empezó a apretar muy fuerte hasta que lo convirtió en hormiga conga.

Se fue a buscar a sus hijos: venados, guaguas, conejos, ardillas, dantas, puercos, todos los hijos de Carabí querían tomar agua, pero cuando llegaron se dieron cuenta que el hueco era muy pequeño y decidieron tumbar el árbol.

Comenzaron al medio día, dándole varios hachazos que casi lo tumban y por la noche se acostaron al lado del árbol para empezar a trabajar bien de mañana.

El primero que despertó fue el mono y se asombró de ver que el árbol se había vuelto a pegar.

Vamos a trabajar de día y de noche dijo Carabí. Todos los animales trabajaron incansablemente y por la noche tuvieron una pelea con los sapos que se levantaron a pegar el árbol; el mono cortaba y el sapo pegaba, el venado cortaba y el sapo pegaba; entonces Carabí sacó un calabazo de agua y le hizo un charco a los sapos y ellos empezaron a croar contentos.

Cuando el árbol cayó, el tronco se convirtió en agua salada e inundó mucha tierra; los animales quedaron flotando, tristes porque esa agua no les quitaba la sed; otros hermanos vinieron a decirles que en los caminos había agua dulce para beber, porque de las ramas del árbol salieron los ríos; de los bejucos las quebradas y de las hojas las lagunas.

GLOSARIO

Carabí: Personaje mitológico de la literatura emberá.

Árbol de lano: Árbol de la selva chocoana que tiene un tronco de aproximadamente ocho metros de diámetro.

El cuervo

Un día llegó a un tambo un hombre que nadie conocía. Las muchachas se arrimaron a mirarlo, les pareció simpático y le preguntaron:

—¿De dónde vienes?

El cholo respondió: —Vengo buscando una casa donde vivir, y le ofreció un poco de pescado al padre, quien lo recibió muy contento.

—Bueno, quédese a comer y a dormir esta noche —le contestó el viejo.

Por la noche el cholo empezó a enamorar a una de las hermanas que se sentía muy atraída por él.

En la mañana se levantó primero que todos los hermanos y se fue en una champa por todo el centro del río hasta que se perdió.

Cuando los hermanos se despertaron dijeron: —Qué se haría ese cholo, que no está en el tambo, ni en el camino, ni en el río.

Luego lo ven llegar con la champa llena de toda clase de pescados, mojarra, sabaleta, guacuco, y se lo entregó a la muchacha que estaba enamorando.

Ella toda contenta, prendió el fogón y se puso a asar el pescado. Luego le pidió al padre que dejara quedar otra noche al cholo.

Pasaron unos días y el hombre siempre traía la champa llena de pescado, hasta que uno de los hermanos dijo: —Ese cholo es muy raro, trae toda la champa llena de pescado y no se demora nada y nosotros apenas cubrimos el suelo pescando durante todo el día.

A la mañana siguiente uno de los hermanos se fue detrás del cholo, para mirar cómo pescaba.

Se subió en su champa el cholo, navegó por el centro del río, mientras los hermanos iban por la orilla, caminando por entre el monte, luego el cholo se arrimó a un charco feo y de pronto se paró a la orilla de la embarcación, extendió los brazos para los lados y le empezaron a salir plumas por todos los lados y un pico largo que metía en el agua para sacar los peces.

Los hermanos se quedaron mudos del asombro, hasta que uno dijo: —Claro, mire, ese cholo que quería ser nuestro cuñado no es hombre, y los otros respondieron en coro: —¡Es un cuervo!

El cuervo voltea a ver y se da cuenta que los hermanos lo han descubierto e intenta volar, pero uno de los hermanos se lanza al agua y le atrapa una pata, el otro le coge el pescuezo y luego lo amarran con bejucos para llevarlo al tambo y mostrarlo a las mujeres.

Cuando los hermanos se fueron, la muchacha que se había enamorado del cholo cuervo, rompió los bejucos y lo botó por una pendiente, el cuervo abrió las alas y entre graznidos se despidió para siempre de la muchacha.

GLOSARIO

Cholo: Designación que se les da a los indígenas emberá en el Chocó.

Champa: Embarcación.

Un muchacho se había quedado solo en un tambo porque toda su familia había desaparecido.

El joven sabía utilizar muy bien el arco y la flecha, cazaba y pescaba como un experto, nunca le faltaba comida. Una tarde cazó cinco puercos de monte y como vivía solo, dejó cuatro tirados en la playa. El cholo decidió hacerse amigo de esos gallinazos blancos.

Salió de la casa y se quedó en la playa y se quedó cerca para que ellos lo vieran. Al otro día trajo venados y los dejó en la playa y se acercó otro poco, después dejó en la playa unas guaguas y los gallinazos ya estaban mansos, veían al muchacho como un amigo y no se asustaban con su presencia.

Pasado un tiempo el cholo estaba acostado en su tambo, cuando vio que por el camino venían dos hombres y una mujer.

—Buenas, buenas —lo saludaron.

—Ay hermano, a nosotros nos da mucho pesar verlo tan solo, nosotros venimos todos los días a la playa y usted siempre nos deja comida.

El muchacho no sabía qué decir. La mujer continuó diciendo: —Nosotros somos personas, esas plumas blancas son camisas que nos ponemos y el pico es la navaja con la que nosotros cortamos la carne.

El cholo tomó confianza y los invitó a entrar al tambo y a tomar chicha... por la noche los visitantes se fueron.

El cholo se había quedado enamorado de la mujer y madrugó mucho para cazar, llevó mucha carne de monte y la dejó en la playa, luego vinieron todos los cholos-gallinazos y se quitaron la camisa, tocaron carrizo, bailaron y comieron carne, entonces la muchacha le dijo: —Venga hermano, coma con nosotros.

—No hermana, es que a mí no me gusta la carne cruda, venga usted mejor y se queda conmigo —le contestó el cholo.

110

Cuando ya estaban cansados guardaron las camisas a un lado y se acostaron en el piso. Esa noche el cholo enamoró a la muchacha.

Amaneció y el cholo le escondió la camisa de plumas a la muchacha, pero ella se dio cuenta y la cogió para salir volando con sus hermanos.

El muchacho siguió llevando carne a la playa y por las noches la muchacha iba al tambo a dormir con él, pero siempre encontraba su camisa y se alejaba volando.

La mujer, a veces sentía hambre de noche y comía carne asada, ya se estaba acostumbrando a vivir con el cholo, pero no se decidía.

Un día él llegó del monte y la muchacha se estaba poniendo la camisa para marcharse y él la agarró y forcejearon hasta que él le arrancó la camisa y se la botó al fogón. Ella se puso a llorar, tirada en el piso y él consolándola, la acarició y le tocó la barriga y se dio cuenta de que ella iba a tener un hijo. Entonces los dos se abrazaron y se quedaron a vivir juntos para siempre.

La Tonina
Enamorada

La Tonoa de la vieja comadreja

En la floresta que queda cerca del río San Juan, el pájaro Luna es el vigilante nocturno, por eso fue él quien vio por pimera vez el oso real. El pájaro Luna se quedó inmóvil sobre un tronco observando todo lo que el nuevo visitante hacía.

El oso real llegó agitado a la floresta, tenía lágrimas en sus ojos, se veía cansado y solitario, pasó la noche tratando de esconderse y sin dormir ni un solo segundo.

El pájaro Luna lo encontró muy sospechoso: —Tal vez viene a robar la tonoa de la vieja comadreja —pensó, pues sabía que en la cordillera no hacían fiestas porque no tenían una tambora como la tonoa de la vieja comadreja.

Pero la forma de actuar del oso real lo hizo dudar de sus pensamientos, pues no parecía un ladrón.

El pájaro Luna mandó la razón con la guacamaya para que todos los animales estuvieran atentos y además comentó sus sospechas para que la vieja comadreja escondiera bien su tonoa para la fiesta del sábado.

Cuando el oso Palmero se enteró, quiso hacer una fiesta de bienvenida pues nunca habían tenido en la floresta una visita tan importante como la del oso real.

Aunque no habían visto al oso real cuando era hora de fiesta, las mujeres preparaban la chicha y los hombres el carrizo. La guacamaya apareció más despelucada que siempre y entre gritos y chillidos contó sobre un visitante más extraño que el anterior y por la descripción que dio cuando estuvo más calmada, todos en la flortesta se enteraron que era el visitante más temido: el cazador.

Cada cual intentó correr para su lado, buscando dónde esconderse y se armó un gran enredo; por el camino venía angustiada la vieja comadreja, traía su tambora para la fiesta cuando la bota del cazador se interpuso entre ella y el enredo de los animales.

El cazador tomó entre sus manos la pequeña tambora y comenzó a golpearla con sus dedos... tam tam tatam, se escuchó en la floresta.

Luego miró detenidamente a la comadreja que se había quedado enraizada e inmóvil, y le dijo: —¿Quieres tu tambora?, ¿eh?, pues bueno —continuó diciendo—. Debes traerme algo para cambiártela.

Los ojillos de la comadreja se cerraron y abrieron en señal afirmativa y con una vocecita que no parecía la suya le preguntó: —¿Qué debo traerte?

—Bueno, tienes que traerme un animal peludo —contestó el cazador.

La comadreja corrió velozmente en busca del zorro y con engaños lo trajo hasta donde estaba el cazador y le dijo: —Aquí tienes tu animal peludo, devuélveme la tambora —el cazador apuntó su arma contra el zorro al tiempo que decía: —¡No! ¡No! vieja comadreja, engañadora yo no te pedí que trajeras al zorro, yo quiero un animal peludo que sepa subirse a los árboles, cuando me la traigas te doy la tonoa.

El zorro y la comadreja se reunieron con los otros animales que pensativos no habían acabado los preparativos de la fiesta. Con engaños sonsacaron al mono cotudo y lo llevaron donde el cazador y le dijeron: —Aquí tienes a tu animal peludo que sube a los árboles, devuélvenos la tambora.

—¡No! ¡No! vieja comadreja engañadora, yo te pedí que me trajeras un animal peludo, que suba a los árboles y que tenga la cola corta, tráemelo y te daré la tonoa —dijo el cazador apuntando su arma.

Doña coneja acudió al llamado desesperado que le hacían la comadreja, el zorro y el cotudo y con engaños la llevaron donde estaba el cazador, quien se puso rojo de la ira, cerró los ojos y apretó los labios para darle un manotazo a la tambora y se detuvo sólo porque los aullidos del cotudo la asustaron y respondió con otro alarido que se escuchó en toda la floresta y dijo: —Quiero que me traigan ya un animal que sea peludo, que se suba a los árboles, que tenga cola corta, que coma moras...

—¿Moras? —contestaron los animales en coro.

—...corozos de palma y mucha miel —concluyó el cazador.

La comadreja, el zorro, el mono cotudo y doña coneja se miraron asombrados, a quien quería el cazador era al oso real.

Pero nadie había vuelto a ver al oso real desde que se supo de la presencia del cazador.

El pajaro Luna era el único que lo había visto; ahora no sólo estaba en peligro el oso real sino también todas las fiestas de la floresta.

El oso palmero decidió engañar al cazador y se presentó ante el cazador, que esta vez dio un salto tan grande como el malambo y cuando cayó a la tierra zapateó y chilló botando babaza por la boca y con los ojos desorbitados dijo: —Quiero un animal peludo, que trepe árboles, que tenga la cola corta, que coma moras, corozos de palma y mucha miel, que tenga manchas, use anteojos y viva en las montañas! —vociferó el cazador.

118

El oso palmero no tuvo más remedio que alejarse pensando en la suerte del oso real, había huido de su propia casa en las montañas para refugiarse en esta selva tupida, pero el cazador era persistente y ahora tenía también la tonoa.

—No podemos entregarle el oso real al cazador —dijo sereno, cuando se reunió con los otros animales de la floresta.

—¡No se pueden acabar nuestras fiestas! —replicó la vieja comadreja —ya no podremos hacer otra tonoa.

—Único es el oso real y única la tonoa —dijo el oso palmero, que cuando se disgusta es tan fuerte y fiero como un tigre.

—¿Dónde está el oso real? —preguntaron los animales, y el pájaro Luna contestó—: Está en el malambo más alto de la floresta. El oso palmero se untó el cuerpo de barro ante la mirada curiosa de los demás y le pidió al cotudo que hiciera lo mismo, otros animales los imitaron y aprovechando la caída de la tarde se fueron acercando donde estaba el cazador .

El cotudo que iba encima del palmero empezó a gemir con su vozarrón: —sokerre... sokerre —el susto de los animales fue peor que el que se llevaron cuando llegó el cazador a la floresta, todos corrían despavoridos buscando donde esconderse, y los que iban untados de barro corrían asustados asustando a los otros y la palabra sokerre... sokerre... sokerre fue pasando de boca en boca de todos los asustados que hasta los árboles parecían encogerse de terror. El único que parecía tranquilo era el cazador, que con su arma se fue acercando a un carrá desde donde escuchaba música de tambor, disgustado al sentirse engañado. Pero no era música de tambor sino el grito de sokerre... sokerre..., que le hizo poner los pelos de punta; el carrá se abrió como una puerta y de allí salió una gran vaca con inmensos cuernos de colores brillantes que embistió enseguida al cazador, quien puso pies en polvorosa tropezando con un bulto negro lleno de barro que a su vez salió corriendo con la tonoa en sus manos.

En la floresta no se escuchaba ningún sonido ni se veía animal, los árboles parecían refugiados y de ellos poco a poco fueron asomando ojillos y sonrisas que se iban uniendo al baile de la vieja comadreja que con la tambora en mano iba recogiendo a cuanta muchacha quisiera unirse para la fiesta; se oía también el carrizo y se sentía el olor de la chicha.

El único que no sabía nada de nada era el oso real que en lo más alto del malambo se había quedado dormido por el cansancio y la vigilia.

120

Tonoa: Tamborcito usado en los bailes que es tocado por una mujer anciana.

Oso palmero: También conocido como oso hormiguero gigante.

Oso real: También llamado oso de anteojos, habita en las cordillera y está en peligro de extinción.

Pájaro luna: Ave que suele permanecer inmóvil con el pico hacia arriba.

Malambo: Árbol más grande de la selva chocoana.

Carrá: Árbol legendario de la selva chocoana.

Sokerre: También llamado vaca de monte y figura mítica como vaca gigante con cuernos de colores.

La Tonina enamorada

En Laguna Colorada, desde hace algún tiempo, la llegada del verano se ha convertido en una gran fiesta.

Cuando el sol llega, posando su color en las aguas, aparece la Tonina rosada buscando los rayos luminosos, salta sobre ellos como queriendo quitarles su calor, y con cada salto estalla una alegre carcajada que indica a todos los habitantes de la laguna que la fiesta ha empezado.

El paletón, el coporo y el bocón organizan las competencias, la vieja y la viejita son los jurados, disfrutan su trabajo contando el tiempo y midiendo distancias, aunque saben que en saltos y carreras la Tonina rosada ¡siempre gana!. A Cupiso, la tortuguita más pequeña de la laguna, no le importa ser la última, porque los juegos con los que la Tonina celebra sus triunfos son más divertidos que las competencias. Al anochecer, sobre las aguas tranquilas de la laguna se escuchan interminables historias que cuenta la Tonina rosada de las osadas aventuras que ha vivido a lo largo y ancho del Amazonas, ¡y qué decir de las madrugadas! no faltan las canciones de las ranas, el silbar de los grillos y los bailes de los pececitos rojos contagiados de alegría.

En aquel verano, desde su primer salto, la Tonina Rosada se dio cuenta que en la playa de la Laguna Colorada había algo distinto, se acercó a gran velocidad y suspendida en el aire, vio una casita de palma de la cual salió corriendo un niño que se detuvo asombrado ante la presencia de la Tonina, la miró fijamente y dibujó una sonrisa en sus labios, silbó y ella le contestó, corrió playa abajo y la Tonina, como solía hacerlo con los pececitos corrió a su lado, jugaron y saltaron, ella le daba golpecitos en los pies invitándolo a nadar y él se encaramaba en su lomo para recorrer a gran velocidad la Laguna Colorada, y allí escuchó la primera historia que contó la Tonina: "las muchachas enamoradas caminan sobre el agua buscando a un joven buen mozo que se ha transformado en delfín rosado".

El atardecer se perdió en la noche y los pies descalzos del niño dejaron su huella en la arena mientras se alejaba tarareando:

"Mi Tonina bonita
no te vayas río abajo
quédate en la lagunita
que de ti estoy enamorado"

En la casa, la mamá del niño lo reprendió diciendo:
—¿Dónde estuvo niño, por qué no trajo leña?
El niño no pudo contestar, dormía profundamente en la hamaca sin haber escuchado una sola palabra de su mamá.
La Tonina Rosada, más feliz que cualquier otro verano, saltaba encantada de encontrar otro amigo con quien jugar y en el momento de dormir tarareó:

"Mi Tonina bonita
no te vayas río abajo..."

En el grupo que se reunía en la fiesta del verano de Laguna Colorada, ahora había un niño, ríe como el que más entre juegos y carreras, del lomo de la Tonina pasa al de Cupiso y se arrastra de las patas de la Matamata, ha competido con la Guabina, con la Pechona y con Gancho Rojo y conocido, aunque no muy cerca porque le daba miedo, al Sapo Gigante y a la raya.
Y fue precisamente el Sapo Gigante, quien escuchó por primera vez a la Rana Cantora y todos asomaron sus cabezas para verla colgando de un árbol relumbrando con las

luces del sol sus colores. No dijeron nada, pero los habitantes de la Laguna Colorada estuvieron muy silenciosos todo el día, el cielo se oscureció y dejó caer sus primeras gotas.

Al día siguiente, el niño no pudo salir a conseguir la leña, intentó mirar desde la puerta y luego en la ventana, pero no veía más que el frío de la lluvia. En la noche la lluvia fue más fuerte y copiosa y el niño no pudo pegar los ojos; en la mañana mientras su mamá y su papá preparaban el viaje de regreso, el niño salió corriendo a la playa, pero de ella quedaba muy poco, así que corrió por la orilla tarareando su canción y con lágrimas en los ojos y los pies descalzos caminó sobre la laguna.

En Laguna Colorada, en el verano, la Tonina Rosada se levanta sobre el agua dando grandes saltos como queriendo tocar el sol y quienes la ven, dicen que lleva en su lomo a un niño enamorado.

GLOSARIO

Tonina: Delfín rosado de agua dulce que habita en los grandes ríos de la Amazonia.

Paletón: Pez, bagre de piel blanca.

Bocón: Pez de escama.

Coporo: Pez espinoso, bocachico.

Vieja-Viejita: Pez, mojarra.

Cupiso: Tortuga acuática.

Matamata: Especie de tortuga que vive en el fondo de las lagunas.

Guabina: Pez, bagre negro.

Gancho rojo: Pez que tiene un gancho de color rojo en una de sus aletas.

Pechona: Pececillo que tiene un pecho de gran tamaño.

Raya: Pez de forma aplanada con una cola que termina en aguijón que penetra la carne de quien lo ataca.

Rana cantora: Rana que canta muy fuerte durante la época invernal.

El gurre Mataco

De todos los animales que viven en el bosque, al único que le gusta leer es al gurre; gran parte del día la pasa leyendo; lee cuentos de sus abuelos, libros de astronomía, de ingeniería y de matemáticas; por eso el gurre mataco se ve en las noches cortando madera, martillando y puliendo algún nuevo invento. Construyó un colector de agua; abrió un canal del río a su casa e hizo un puente para llegar más rápido sin cargar la catanga, pues le colocó unas poleas que al tirarlas desde el bosque llegan hasta la casa y dejan allí su carga.

Él siempre es el primero en llegar al río, barequea y antes de la hora en que el sol más calienta regresa a casa con su puñado de oro, su batea y su catanga llena de plátano y chontaduro.

Pero las ideas del mataco sólo son para él, pues además de ser un buen lector posee un gran defecto: el gurre mataco jamás hace favores a sus vecinos.

Cuando escucha su nombre mira para todas partes, se enrosca y se tapa las orejas.

Los vecinos están aburridos por la forma de ser del gurre mataco, quien al mediodía ya finalizado su trabajo descansa a la sombra de un árbol leyendo un libro, los demás animales del bosque con sus catangas a la espalda y la batea bajo el brazo, como pueden, le tiran piedras, palos y todo cuanto encuentran en el camino.

El gurre mataco había acumulado más oro que todos los animales juntos y esperaba deseoso la llegada del domingo para ir al pueblo y venderlo junto con el plátano y el chontaduro.

Cuando el sol de tan esperado día entró por la ventana de su casa, el gurre se despertó sin un aliento, quiso levantarse pero su cuerpo no respondió, la cabeza le dolía y tenía mucha fiebre.

Recordó que su vecino más cercano era Arnobio, el mico, que vivía en lo alto del árbol y empezó a gritar con las pocas fuerzas que tenía: —¡Arnobio...Arnobio!

El mico escuchó su nombre, pero le pareció tan extraño en la voz del gurre que pensó que era su imaginación y siguió con su deber de despertar a los demás animales para ir al pueblo a vender el producto de su trabajo.

Todos estaban sorprendidos, ¡no habían visto al gurre por ninguna parte!, doña coneja comentó:

—El gurre ya nos debe llevar medio camino, se fue antes de la salida del sol.

Así partieron doña coneja, tío tortuga, Margarita la güagüita, Orfiria la rana, Jorge el chure, la ardilla, el sapo y los demás animales que formaron una gran fila, cantando y contando lo que llevan para vender al pueblo.

De vuelta, a la caída de la tarde, mientras contaban los pocos centavos recogidos, el tema de conversación era la ausencia del gurre mataco en el pueblo.

—Viajó y vendió todo tan rápido que no alcanzamos a verlo —dijo el chure.

—Yo creo que el gurre fue a un pueblo más lejano a vender —continuó la güagüita.

—¿Qué tal si mataco el gurre está enfermo o tal vez muerto? —dijo con voz muy serena la tortuga.

—¡Podría ser! —dijeron todos los animales en coro, mirándose sorprendidos.

—Oh, oh —dijo el mico tragándose la saliva—. Sí, yo escuché una voz como la del gurre que me llamaba.

—Es su espíritu —gritó el ratón escondiéndose detrás de la güagüita.

Silenciosos, los animales apresuraron el paso; ya se veían sus casas en el bosque.

Fue poco lo que avanzaron los animales cuando en todo el bosque se escuchó: —Ay, ay, ayayaii...

—¡Es el espíritu del gurre! —gritó el ratoncito debajo del delantal de la güagüita.

—Shiss —dijeron los demás sin detener el paso.

—Ay... ay, ay, ayayiii. Se seguía escuchando en el bosque.

—Sí, es la voz del gurre —dijo tía tortuga.

—Vamos a su casa —ordenó severa doña coneja.

A medida que se acercaban a la casa del mataco, más fuertes se escuchaban los lamentos.

Doña coneja, sin pensarlo dos veces empuja la puerta y con ella entran todos los animales que sorprendidos miran al gurre tendido en su cama con los ojos entreabiertos y gimiendo de fiebre y de dolor.

—Traigan termómetro y una sábana húmeda y una agüita de naranja —grita doña coneja.

Mataco el gurre no hablaba, estaba tan rojo como un ají, y apenas veía a los demás animales revoloteando en su casa. Doña coneja le tomaba la temperatura; Orfiria la rana traía el agua de naranja; tío tortuga lo envolvía en una sábana y ponía pañitos de agua en su frente; Arnobio calentó agua; mientras Danilo y Jorge se encargaban del gorro y la bufanda.

Finalizada la tarea, los animales se despidieron deseándole al gurre pronto alivio.

—Hasta mañana doña coneja —dijo Arnobio.

—Hasta mañana y no olvides despertarnos temprano; mañana hay que trabajar — contestó la coneja.

El gurre mataco amaneció aliviado; avergonzado y sin abrir las ventanas escuchó a los animales iniciar su jornada sin comentar nada de lo sucedido.

Mataco dejó que la luz del sol entrara por la puerta de su casa y con paso lento caminó detrás de sus compañeros del bosque con la boca llena de palabras y mucho que pensar.

GLOSARIO

Gurre: Armadillo.

Colector: Instalación casera que permite la recolección de agua.

Catanga: Canasto.

Barequiar: Extraer el oro del río en forma tradicional.

Batea: Artesa honda con la que se saca el oro en forma tradicional.

Guagua: Lapa, roedor pequeño.

Chure: Especie de ratón de campo.

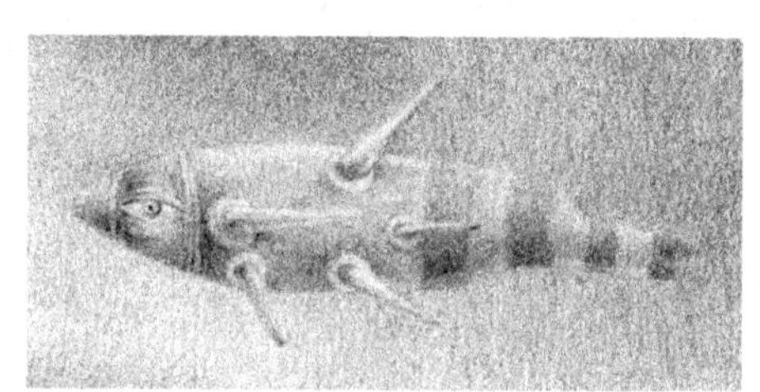

Mariana Avilán H.

Ingeniosa con la palabra, Mariana Avilán H. (Bogotá 1959), escribe cuentos y poesías. Crea y recrea historias contadas por abuelos hace tiempo, para que sean leídas hoy en voz alta.

Es licenciada en Lingüística y Literatura, sabe a ciencia cierta que la palabra tiene mucho que decir y a esa tarea dedica la mayor parte de su tiempo.

La convivencia con los indígenas Piapoco del Bajo Guaviare (Guainía), con los Emberá y las comunidades negras de Santa Cecilia (Risaralda), así como los días compartidos con estudiantes, adolescentes, y jóvenes universitarios, han enriquecido su vida y le han brindado el material que dirige a la difusión y promoción de los valores culturales de grupos étnicos y sectores sociales que hacen parte del contexto cultural colombiano.

Publicó La historia del Kutzikutzi y otros relatos, mitos cuentos y leyendas de la literatura oral de los indígenas Piapoco, Ministerio de Educación Nacional, Programa de etnoeducación, Bogotá 1991; coautora de Leyes y derechos para las comunidades indígenas Piapoco y Sikuani del Bajo Guaviare en lengua indígena y en español, COLCIENCIAS-MEN, programa de etnoeducación, Bogotá 1990 y Qué es la etnoeducación, Los Piapoco del Bajo Guaviare, audiovisuales, Ministerio de Educación Nacional, Programa de etnoeducación, Bogotá 1989.

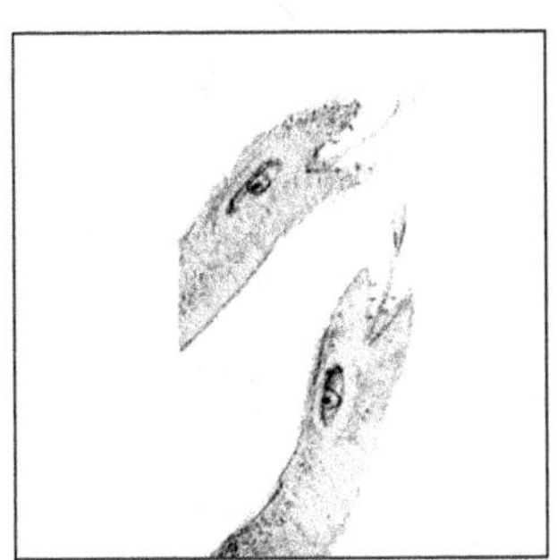